冷盈袖 著

将及熟溪

浙江工商大学出版社·杭州

图书在版编目(CIP)数据

将及熟溪 / 冷盈袖著. — 杭州:浙江工商大学出版社,2024.5

ISBN 978-7-5178-5983-3

Ⅰ.①将… Ⅱ.①冷… Ⅲ.①诗集－中国－当代 Ⅳ.①I227

中国国家版本馆 CIP 数据核字(2024)第 066570 号

将及熟溪
JIANG JI SHU XI

冷盈袖 著

出 品 人	郑英龙	
策划编辑	刘　颖	
责任编辑	刘　颖	
责任校对	费一琛	
封面设计	观止堂_未泯	
责任印制	包建辉	
出版发行	浙江工商大学出版社	
	(杭州市教工路 198 号　邮政编码 310012)	
	(E-mail:zjgsupress@163.com)	
	(网址:http://www.zjgsupress.com)	
	电话:0571 - 88904980,88831806(传真)	
排　　版	杭州朝曦图文设计有限公司	
印　　刷	浙江海虹彩色印务有限公司	
开　　本	880 mm×1230 mm　1/32	
印　　张	7.375	
字　　数	147 千	
版 印 次	2024 年 5 月第 1 版　2024 年 5 月第 1 次印刷	
书　　号	ISBN 978-7-5178-5983-3	
定　　价	49.80 元	

冷盈袖

　　女，畲族，浙江武义人，中国作家协会会员。入选浙江省第七批"新荷计划"人才库。2007年度《诗选刊》评出的最具活力的20位青年诗人之一。诗作散见于《诗刊》《诗选刊》《星星》《诗歌月刊》《山花》等刊物及多种选本。著有诗集《暗香》、随笔集《闲花抄》等。

序　向上生长的光芒

　　盈袖此诗集原本题作《长安记》,只因她居住的地方有一座长安桥,每天从长安桥的一头走到另一头是她逐年养成的习惯,她以为站在长安桥上看到的月亮是最好的一种。当然熟溪上有很多桥,但她愿把世间所有的桥都称作"长安"。"长安"一语确实至大,它足以涵括一个民族的历史,是以盈袖后来又把诗集的题目略略缩小,改作《将及熟溪》。这是北宋诗人韦骧的一首诗,韦骧曾出任武义县令,诗曰"东风吹散黑云轻,渐望吾疆野色青。料得熟溪滩响急,到时聊为驻轩听"。熟溪是武义的血脉,熟溪桥则是武义的象征,更是中国古代桥梁建筑中的珍品。盈袖每天沿着熟溪走,她的回忆在四季深入,所有的想象若是借着一杯酒,她以为如日本童话作家安房直子所说,"身子里,有一种玫瑰色的黎明到来了的感觉"。这样的清晨,在盈袖的眼里,有一种独特的新鲜感,"太阳刚刚从背后升起/我愿意一直向西,在微风吹拂下,一身光芒/我不需要遇见任何人"。

　　当一个人不需要遇见任何人的时候,她可以在植物中生活,"恍惚而自在的生活",她所热爱的一切并非来自外面,而是促使她发出光芒的内部,就像我们每个人必然心有所属,情有独钟。武义是盈袖的家乡,这是一座能让人听到寂静的小城,盈袖在深秋"听到了栾树的叶子",又或"淡淡的月色夹杂着水声",又或

1

"雨声在院落边角的芭蕉上，一声一声散落在地"。英语文学中最好的诗人德里克·沃尔科特曾说，"唯有痛苦而努力的审视，唯有学会审视，我们才能在周遭生活中发现意义；唯有努力倾听，唯有学会倾听，我们才能理解自己的声音"，盈袖正是这般努力，即使她的生活一点都不复杂，仿佛与熟溪拥有同样的底色，同样的悠远。通过审视，她从日复一日的周遭生活中发现了意义；通过倾听，她从年复一年的平淡岁月中理解了自己的声音。她对细小事物的洞察，让人感到尤其惊艳，譬如她写入秋后园子里的青菜，"有时候虫子来到绿叶上/咬出细小的洞眼/秋日的风/刚好从其中穿过"。而这样的风不经意间也吹长了夏日，这种极细微的情感上的颤动，像雨珠一样在荷叶上滴溜溜地转，也是对光阴极为殊胜的一种领悟。

　　盈袖此诗集分作七辑，每一辑皆有题义，譬如辑一为书信体诗，共二十四首。这些诗若是单独来看，或许气息上并非独一无二，但把这些诗看作"拍摄下来的场面恰当地组接在一起，使每个场面在时间上长短适切"，如此则形成了一个诗歌的"蒙太奇"。盈袖在诗中所呈现的影像，一经连接，就跟匈牙利电影理论家贝拉·巴拉兹在《电影美学》中所说的那样，"原来潜藏在各个镜头里的异常丰富的含义便像电火花似的发射出来"。如果说电影是传达真实的眼睛，那么，诗更是如此，意大利导演帕索里尼在《诗的电影》中写道："由于电影不直接表现抽象概念，它靠隐喻生存。"盈袖的诗，恰恰是展现一个诗人如何摆脱时间和空间限制的一部"诗的电影"。辑四则是近乎俳句的三行小诗，意蕴隽永,一如日本江户时代的俳句女诗人千代尼的作品:"即便赏月/女人仍渴望/阴影。"盈袖本辑中的八十七首小诗虽有这样的忧思,然而更有"满是露水的玫瑰花/我看了又看/珍惜着短暂的光阴"的不舍之意。当然,其他各辑有时流露"孤单的凉意",隐藏"见字如晤"的温暖,也有"两三岁孩子不像话"的柔软,这是一个诗人多么可贵的心地。

早年,我为盈袖的散文集《闲花抄》作序,深感她受日本平安时代女作家清少纳言《枕草子》等日本文学的熏染尤深,此亦与她近年来的心境颇为相合,英国艺术评论家拉斯金所谓"除真挚的心灵外,别无高贵的仪容"。我想这是盈袖在诗艺上日渐呈现的一个境界,其中涉及亲情和童年回忆的诗最是令人动容,譬如《越来越小的村庄》:"只有一条路,只有路尽头一幢灰色的小屋/小屋里的两个人:我的父亲和母亲/我多半在黄昏时分回来,夜里走/村子里灯光稀落/其中一盏下面是我的父亲和母亲/我一离开,他们就该从厨房走向房间了/过走廊的时候,他们的影子/有一刻被拉长,翻到了围墙外——这灯光照耀下的一瞬啊/汽车沉默地穿过田野/车灯暂时照亮了田野的一小部分/再往上,我们能看见的/都是往日的星光。"这首诗意在言外,意味深长,足以让我们明白"时间是世界上的一切成就的土壤"。这种感觉就像盈袖童年记忆里"脚踩在青草路上的感觉",而路"是藤一样生长的路"。

也许我需要借助沃尔科特有关诗的论述来加深读盈袖的诗所产生的这种感觉:"诗,得自于勤勉与汗水,但又必须清新如人像眉头的雨滴。它融合顽石的质地与自然之美。它将古今并置:如果人像代表过去,那额头的露珠或雨滴便象征着现在。这里有被埋没的语言,有独具个性的词汇,写诗变成了一个挖掘和自我发现的过程。"盈袖的《将及熟溪》正见证了她"挖掘和自我发现的过程",她的每一首诗成了一封信,每一封信成了一轮月亮,在盈袖看来,短暂的涟漪也拥有自足之美,这种自足恰恰出于她所在意的"那些细微之美",譬如"豇豆垂挂如流苏/河里洗衣的人/双脚白皙"。当熟溪的水声和松涛、蛙声、狗吠、虫鸣合在一起,"那些属于过去的,干净而又寂寞的时光/将跟随月光回落到我们身上",盈袖的诗正是这样一座让我们能够在时光中往返的桥,当然它的名字也可以是"长安"。

许梦熊

2024 年 2 月 22 日

注:许梦熊,男,原名许中华,1984 年生,浙江台州人,现居金华,中国作家协会会员。曾获北京文艺网·国际华文诗歌奖(2013)、浙江省作家协会 2015—2017 年度优秀文学作品奖、首届"浙东唐诗之路"全国诗画大赛一等奖(2021)。出版诗集《倒影碑》《与王象之书》等。

目录

辑二　孤独的人是圆满的

辑三　我们在自己的局限里获得安慰

辑四　海的骨是柔软的意思

辑五　美是件令人发愁的事

辑六　我有过更高更远的生活

辑七　我愿把世间所有的桥都唤作"长安"

辑一

月亮就只够照耀你一个人

第一封　一个人的晚霞

爱上看晚霞是近几年的事情
溪边、桥上、树下都是不错的选择

于我,最好的地方是老家的后山
从前我常在那里奔跑,用上一整个白天的时间

如今只在黄昏去
慢慢踱上坡,慢慢朝着远山走去

如果可以,我们应该到后山看一次晚霞
不用多,有过真正的一次就够

大多数的时候,我习惯一个人
一个人的黄昏,看过晚霞也就圆满了

世间恰到好处的事物不多,此刻我能想到的有三——
世间有你,黄昏有晚霞,静夜有月光

2023-10-18

第二封　黄昏的后山

后山是从前的，今天的，未来的
人也是。当我们坐下，我们就是新的山

与东一座，西一座散落的坟茔
并没有太大的区别，在一阵晚风看来

晚风一遍一遍吹拂
直到所有的事物，都失去了界限——
再没有比这更完美的消失了

我愿意就这样坐着，在黄昏的后山
至于月亮上来，把道路照白
那都是后来的事情

2023-10-18

第三封　偏远的月亮

月亮的变化我们无从察觉，除了圆缺
我们自己却肯定有了很大的不同

月色无边，灯光如豆
这是我童年关于月夜的记忆

还有，松涛，蛙声，狗吠，虫鸣
在月光里听才有意思

当我们从城市的窗口望出去
只有灯光，确切地说是灯光和月光

但月光几乎可以忽略。好在等夜深
不远处熟溪的水声尚且可以听一听

如果要看真正的月色，得走很远的路
那是个偏僻的旧址，路上布满了杂草

很久没有人到过那里

有时间的话,我们可以去看一看

那些属于过去的,干净而又寂寞的时光
将跟随月光回落到我们身上

2023-10-19

将
及
熟
溪

第四封　秋天的信

我希望可以在秋天收到你的信
信里写上"见字如晤"四个字就够了
剩下的就让它空着,像是船过后漾起的长长波纹

我会在黄昏读你的信
黄昏是寂静的
秋天的黄昏更是

干净的事物总是寂静的
这是我深爱的秋天

像那条溪边的小径,我已经走过很多遍
早就习惯了它的弯曲与幽深

风吹动荒草和野花
旁边的石凳有孤单的凉意
每次我都需要在上面坐很久才想到要离开

2023-10-24

第五封　熟溪桥

到黄昏,熟溪的水流明显变慢
在我这里,夜里它甚至是静止的

木板桥面类似于鼓,给路人的回应
都落向水面。让人联想到落叶之类的事物

每天我都要从桥上走一次
有时从南向北,有时从北到南

八百多年了,我还没在众多的楹联中
找到其中的一副

想起昨晚从桥上走过
红灯笼晃动灯光

深秋的晚风吹着很舒服
天上的月亮透过梧桐树的枝叶看会好很多

下次你可以试一试

喝完最后一口酒，月亮就只够照耀你一个人

2023-10-25

辑一 月亮就只够照耀你一个人

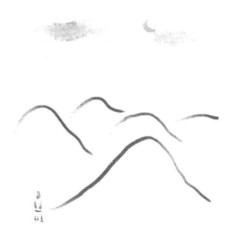

第六封　熟溪

有段时间我每天沿着熟溪走
好像整个小县城除此,就没有别的路

熟溪上的桥总是太短。以至于很难在桥上
遇到熟人。但从桥上下来,就轻易抵达了另一边

不过,我倒愿意在桥上浪费更多的时间
通常桥上风会大一些

风只吹一个人,两个人,和一群人
是不一样的。我想你会明白这种感受

我应该见过你
那是很多年前。那时候还没有长安桥

那时候我还在乡下,时常拎着一只手电筒
在夏日的夜晚游荡

2023-10-26

第七封　在春天喝酒

夏天喝酒难免潦草，且似乎唯有冰啤相宜
冬天，秋天要好很多，春天也不错

春日的窗口宜对着一片桃林
我们喝一杯，它们开一朵

等喝完瓮中最后一滴酒
我们也开了。我想再也没有比这更好的事情了

2023-10-27

第八封　关于桑叶坞的想象

其实我不知道桑叶坞在哪里
甚至不确定它是否存在
我只是希望有这么一个地方

有那么一间小屋，我们就那么坐着
把月亮放进酒杯喝下去
窗外桑树林水波一样起伏

那是 2018 年。我们比现在年轻
除了年轻其他都不值一提

屋子旁边的僻静小路
喝完酒后我们不妨去走一走

我们应该会走得很慢
偶尔说几句话，和树影斑斑驳驳地落在地上

2023-10-30

第九封　我听到了栾树的叶子

差不多是秋深的十一月初
凉风吹走了一些东西

世界空了很多，这样空着也好
正好可以容我在栾树下多站一会儿

不远处有辆褐色的小车，亮着灯停在那里
那灯像两个月亮，只是小一些

我能看到的只有这些。就像这几年看得最多的
就是栾树，但对它的叶子我毫无印象

只记得它的花朵和果实
路上行人很少，我可以安心地站在这里

多久都没关系。我喜欢这样的时刻——
一个人，月亮在天上，风吹着栾树的叶子

那是怎样寂静的声音呢？在秋深的十一月初

我想，我听到了栾树的叶子。是的

——我听到了……寂静

2023-11-07

将
及
熟
溪

第十封　梦境

在另一个世界
我永远在寻找,追赶和被追赶

那些源于深处的恐惧,慌乱,焦灼
它们拥有具体的形状
一个具体的"我"的形状

更多时候,我在真实之外
只希望每天醒来
外面都下着雨,淅淅沥沥的雨声
有节奏地敲打着辽远的田野

我梦见过你
但我始终无法看清你的脸
不过我很确定那是你,这就够了

2023-11-08

第十一封　孤独

第一次看到群鸟飞翔在樟树上面
在傍晚的老一中校园
算来，我在这里已经生活了一年有余
我想我错过了无数的傍晚

我曾在春日的樟树下埋头捡拾树叶
我看着它们先是红黄绿斑驳
最后变成苍白的褐色

是枯竹褐，迎霜褐，茶绿褐，藕丝褐
豆青褐，丁香褐，还是凋叶棕，冷茶棕

我看到了更多的灰
你看到了更多的红

这样的不同接近孤独
刚刚好的孤独
无限接近，又不断远离
就好像你和我，我和这个世界

2023-11-09

第十二封　童年记忆

时常想起这样一幅画面——

父亲牵着我的手,穿越一片绿得寂寞的田野
路是绿的,远山是绿的。从后面望去就是两个小小的身影
慢慢往前走,好像可以一直不停地往前走

长大以后我再也没有见过这么绿的田野和路
那是藤一样生长的路,它长到哪儿
我们似乎就可以走到哪儿

我记得脚踩在青草路上的感觉
我和父亲走得很慢,我们只是走着

那应该是个春天,我应该五六岁的样子
父亲三十还不到

2023-11-10

17

第十三封　平静

平静是好事，也不是好事
后果就是——
如果必须喜欢，我的喜欢也是平静的

每天，我从熟溪的北岸走到南岸
又从南岸回到北岸，如你到你，再到你

花落了就再开一遍。如果你来过
那就再来一次，然后再一次走掉也没关系

我很少出门，每次在长安桥上站很久
都没想好自己要去哪里

这样也好，那就在桥上多站一会儿
淡淡的月色夹杂着水声，而且周围没有人

2023-11-10

第十四封 从前

从前，家门前有一大片田野
白天我在那里牧鹅
夜里我把星辰、月光、虫鸣、蛙声、犬吠放出来
任由它们四处走动

傍晚的时候，我会到厨房后面取水准备晚餐
泉水纯净，从竹笕流下来，慢慢装满我的小木桶

是那种清泉一样安宁和干净的生活
多余的泉水绕过屋前，潺潺没入田间

2023-11-13

第十五封　我的傍晚

二楼的母亲在反复辅导同一道题中失衡
晚餐的香气多少带些绝望
灯光下，独居老人用自己的影子塞满车库
除此外，她好像也没有其他了

迎面走来的人正走在一条通往冬天的路上
我认识的一个孩子也在其中
他再也没有回头，那是很多年前的事了
通讯录里，隔段时间会添几个这样的人
所以，我很少去翻看通讯录

我只是需要黄昏、落日、秋天、落叶，需要东去的流水
我需要用一生去爱上它们，成为它们

年轻的时候，我喜欢骑自行车和摩托车
现在我只喜欢走路，而且只喜欢徒步可以到达的地方
对太远的地方我一向没什么兴趣

我现在的烦恼是——

因为吃下太多的食物，日益变得浑浊且笨拙

2023-11-14

辑一　月亮就只够照耀你一个人

第十六封　越来越小的村庄

只有一条路,只有路尽头一幢灰色的小屋
小屋里的两个人:我的父亲和母亲

我多半在黄昏时分回来,夜里走
村子里灯光稀落

其中一盏灯下面是我的父亲和母亲
我一离开,他们就该从厨房走向房间了

过走廊的时候,他们的影子
有一刻被拉长,翻到了围墙外

——这灯光照耀下的一瞬啊

汽车沉默地穿过田野
车灯暂时照亮了田野的一小部分

再往上,我们能看见的
都是往日的星光

2023-11-22

第十七封　夜晚

看完落日，就是夜晚
当然，如果是雨天，夜晚会来得更早

在剩下的时间里
我知道我需要更加专注

专注于某一件事，某一个人
就像现在，我长久地凝视这片田野和落日

只有长久地凝视这片田野，和这片田野边缘的
落日，我才能确定此刻的自己

之后夜晚将缓缓降落到我们身上
降落到小山的斜坡上

那里有我的爷爷和奶奶
他们耐心地长灌木、青草和开花

以此一遍又一遍地确认夜晚的静寂

以及静寂里的空旷和无限

我想，终有一天，除了风，不会再有人

去管那些花儿。不管它们是白的，粉的，还是红的

2023-11-26

将
及
熟
溪

第十八封　老屋

从前都藏在老屋里
就算老屋的旧址种上了茶树

茶树的碧绿里我看见的依然是
黄色的土墙,黑灰的瓦,木头门槛上七八岁的我

对着晚风中金黄的稻浪用餐
想吃鱼,就到池塘里钓一条

那时我把青柿子埋入米糠
就坚信有一个鲜红的未来在等着我

不会再有更好的生活了
再不行,就想会儿旧事

像一杯米酒,加了红糖、鸡蛋、姜片
在冬日黄昏里慢慢喝

我不是喜欢酒。只是觉得
黄昏、旧事,再加一杯酒

才是冬日黄昏该有的样子
如果还有一个你,当然更好

将
及
熟
溪

2023-11-30

第十九封　我只生活在清晨和黄昏

推开柳树下虚掩的侧门
到长廊尽头的厨房旁边

用舀子舀水洗米
铝制的饭盒里米粒清白,更多的是芬芳

厨房里火炉上的炖锅,突突地冒着白烟
阳光正越过围墙从我背后照过来,这是 1986 年的清晨

午饭后,躺在长条凳上午睡
迷迷糊糊掉下来。知了在教室外的杨树上鸣叫个不停

两个男孩跑出去想要捉住那些叫声
但我完全不记得他们是谁了

知了一直在叫,他们出去后一直没有回来
而我要到黄昏才会醒来

我的一生要的，不过就是

一个清晨，和一个黄昏

2023-12-02

将及熟溪

第二十封　很多事情都是这样

一、二年级是在村小读的
在一个叫作白衣坑的村子

冬天,我们坐在操场边上的
稻草垛旁晒太阳。一切都是金色的——

阳光、稻草垛、灰尘、我们,包括笑声
和叫喊声。只有老师年轻的脸白净温润如满月

离学校两百来米处有座水库。风轻轻吹
绿色的水面荒凉广阔,没人知道我在哪一阵风里

旁边的小山,我们去摘过
映山红,在春天的时候

漫山的映山红啊
那时它们都是红色的

等知道还有紫的,粉的,白的

黄和蓝等颜色,是很多年之后的事了

2023-12-04

将及熟溪

第二十一封 一生

他们是一对夫妻
阿富叔一生都在哑巴奶奶的庇护下

他对她的不满也源于此
其实我应该叫他阿富爷爷。他原名陈富

哑巴奶奶的名字则很少有人知道
他们的厨房在竹林边

竹林的沙沙声如今还在
让我想起他的喃喃自语，像是在诉说

又像是在努力说服自己——
烛火一样局促、匮乏、无常的生命

很多年后，阿富叔选择自己结束自己的
生命。在哑巴奶奶死于疾病之前

他有个弟弟叫陈木

他一生只做了两件事：喝酒和吹唢呐。

他喝完酒就吹唢呐，吹完唢呐继续喝酒
他所有时刻都没有被浪费

将
及
熟
溪

阿木叔死得更早，他死在酒里
在旧年的大年三十晚上

2023-12-06

第二十二封　关于黄昏的美好记忆

我能记起的还有——
一个女孩走在路上,夕阳在她背后

黄昏的影子依次投到她身上,分别是
房屋的,松树的,竹林的

有时她自己的影子也夹杂其中
道路、田野、山川,只有不多的地方还亮着

她挎着一只竹篮,里面装满新鲜的菜蔬
她要到井边把它们清洗干净

2023-12-08

第二十三封　我们的月亮

很少有人知道，我拥有过一口井
我在井里养过鱼，冰过西瓜和啤酒

清晨，早早起来去清理掉在里面的落叶
渴了就用手掬一捧水喝

夏日的夜晚，我必须往更深处打捞
那些从更深处涌出的水

我一遍一遍地晃动手中的绳子
让桶倒扣在水面

我清楚地记得打起的每一桶水里
都有一轮明晃晃的月亮

井的边上有一棵松树
松树枝丫上面是另外一轮明月

它也是我的

我抬起头就能看见

如果你此刻也正好看向它

那么，它应该就是我们的

我们的，月亮

2023-12-08

第二十四封　新来的春天都是给你的

我们又将开始新的一年
但似乎不会太在意日子有多少不同

猪逐渐被人们认同
在于它的缓慢和从容

简单到吃是一生,睡是另一生
这是我渴望的生活

热闹的人间之外,这已足够
无须再添其他枝节

冷坐也好,静坐也好
幽暗里的荫翳自有其动人之处

安静沉默如脚下的土地
皆源于你内心的平和与富足

接下去将会持续阴雨,看书好

喝酒也好,窗外新来的春天都是给你的

2019-02-07,2023-12-22

辑一　月亮就只够照耀你一个人

辑二

孤独的人是圆满的

在空谷

不能融于人群，就融于孤独

孤独的人，是圆满的。高悬的明月如此

静谧的湖泊如此。短暂的涟漪

也拥有自足之美，而且再没有其他比这更美

当我与山谷交谈，山谷回应以鸟鸣，风声

对植物的喜欢一向远胜于动物。它们干净从容，比美更美

2016-02-05

寂静深处

当我醒来,雪已完成清空
除了没有边际的白色,大地上看不到其他
清冷的雪,散发着寂静的气味
那是我的呼吸。坐在窗前
"我仿佛是人类中的第一个人或最后一个人。"*

* 引自梭罗《瓦尔登湖》

2016-02-11

清　晨

一切都是新鲜的，经过夜晚的清洗
沿着河在植物间飞驰，是件多么
令人愉快的事情。太阳刚刚从背后升起
我愿意一直向西，在微风吹拂下，一身光芒
我不需要遇见任何人

2016-03-07

辑二　孤独的人是圆满的

在别处生活

有隐居之念
不是一日两日了
人群中不能久待
不妨试着
在植物中间生活

听一日的鸟声
见最少的人
清泉细长
酿整瓮的酒
透过枝叶看月亮

院子里的篱笆
不可编得过于齐整
叶子落下来
就让它们积着
这何尝不是一种美德

用草木煮一日的粥食

最好的人间

便是父母健在,粮食清白

像料理一棵青菜一样

料理自己

2016-03-09

大雾过后

万物刚经历一场梦境

现在,我和它们一起

被阳光照耀。在一场大雾之后

世界呈现最好的时刻

我想我需要一些时间

就这样孤独地坐在这儿

独自领略失而复得的喜悦

2016-04-01

旧日理想

将尽的是春色
当我来到山中
白色的雾气腾于林间
想起旧日
曾裹挟着它们
抵至另一种生活

是那样恍惚而自在的生活
除此
至今我未曾留恋过
其他生涯
当然，我也从未忘记
将清泉和芬芳留存心底

这样的日子
历久而弥新
如一只鸟

热爱上飞离

向着山林，对岸和静寂

在夜色里，发出微微的光

将
及
熟
溪

与溪书

我所期望的每日之事
不过是可以沿熟溪骑行片刻

向东或者向西都不重要
重要的是此时的欢欣

在这里，欢欣是静寂的
广阔无边的。如这长溪，如这旷野

它们不发一言，却说出了更多
我们将如何去学会聆听这自然之音？

经过，离开，然后再次
回到它们中间，日复一日

我们需要的，仅仅是
保持自身的空旷和安详

2016-05-03

饮酒记

喝酒是件快乐的事
独饮甚佳，两三人对饮也自有妙处
群饮不劝酒便也罢了

及至酣处，块垒全消
醺醺然，高声语而不自知
到此便可止矣

如在山中
抬头便见明月，侧耳可闻松涛
树影如淡墨，清泉绕过小园

醉着生，梦着死
无非就是尽兴又尽情
而我们时常需要借助一杯酒

喝多少自当随着自己的心意来
酒杯拿起、放下间
自可抵达生命的山高水长

2016-05-03

静心咒

好山水都在人少处
独自一人享受即可

喜欢的寺庙皆为僻远之所
有些倾颓亦无妨,关键是要清静

最动人的鸟鸣在山间
需花上一整天的时间去倾听

看月亮须在水边
堤上杨柳依依,亭子里隐隐两二粒人

还有田间,蛙鸣声稀稀落落
萤火虫星样闪烁

上面提到的这些场景
我只需稍稍想上一想,心就可以平静许多

2016-05-04

喜悦之事

夏日带来浓荫
也带来更多钓鱼的人
每天我都看见
他们在河边，或坐或立
静默而肃穆

而我在意的依然是那些
细微之美——
豇豆垂挂如流苏
河里洗衣的人
双脚白皙

喜悦之事想必都这般
简单又不足与他人道
借助几枝枯荷
听一场雨。站在矮墙边
看会儿月牙

星光微微

山泉孤独地流

几片叶子落下

相互交叠

在深山

2016-06-15

热爱是必须的

将及熟溪

庸常的生活最考校人
对这个世界多的是无能为力
生存如此短暂，世界总是常新

深居简出不过是一种愧疚
夜晚当你仰望天空
不知道星光有没有给你带来些许的安慰

理想的生活一定要有草木山水
还要找一个人，一件事
热爱是必须的，它会让你发出光芒

2016-12-28

空中的生活

喜欢看雨天的远山
白色的云雾在其间流动
我想，每一座山的洁净明亮
都应该与白云相关

或者说一座山需要一些白云
有足够多的白云
其他的就没什么好说的了

我看过河滩上空飞起的白鹭
那是另外的花，更是另外的云
如果我也在其中
"飞行将是我人生的全部。"

萨利机长说
"空中的生活更为简单。"
当你往外看，除了云朵，还是云朵
我想不出比这更合乎心意的生活了

2017-12-01

最　初

现在回想起来
刚工作的时候
没有下雨的日子

每日黄昏，我在
一楼到二楼拐角的平台听歌
晚上看书累了就睡觉

那时，洗米洗菜都要从井里打水
梧桐树的叶子经常落进去浮着
像我们无根的生活

记得中午上完课
我们煮红烧肉，加了黄酒和盐
火很小，我们站在灶旁说话

2017-12-05

给一年级的小朋友上课

为了跟他们保持一致
我需要蹲下来

我还要找到一个孩子
同样是七岁,同样清亮的眼睛

我将目睹他们在这个世界
慢慢走失的一小段路程

一如当年八岁的我
那时候的伤心也不同于现在

2017-12-06

仿佛天上的星辰在我手中多年

白馒头细嚼
甜味也就出来了
然后喝几口水
清淡的日子
让人感到自身的洁净

读初中时住校
一周回家一次
脚上的白球鞋我保护得很好
小心地不让它沾上
人世的尘埃

那时候有个男孩
写长长的信
放在我抽屉里
信有的折成鹤
有的折成一颗心

我最喜欢星星形状的
仿佛天上的星辰
在我手中保留了很多年
我摊开手
就可以看见它们温柔的光辉

2017-12-07

诗 巷

在诗巷,一天看一首诗也就差不多了
然后居住在旁边的屋子里

走廊摆上几张桌椅,屋顶覆层茅草
这样的简朴是我所喜欢的

对面墙上的爬山虎正在生长,也许正如
我猜想的那样,它们还会爬到黑瓦的屋顶上

一首诗在暮色里看,在晨光下看,在雨天看
在雪中看,撑着伞看,在月光里看,想必会有所不同

至于喝完茶后去看,和喝完酒后再看
自然也会有些许的差别

我们不过想看我们愿意看到的
或者看的不过永远只是自己

记得那晚半夜醒来，听到雨声
在院落边角的芭蕉上，一声一声散落在地

曾经的我爱淋雨，如今却只愿听雨
隔着简陋的木门，我希望可以被遗忘

2018-04-22

简　白

顺着路牌的指引
我们来到简白，这是家民宿

在山脚的玻璃房内
我们坐着喝茶

另外一些人还在来的路上
我不知道他们会是谁

我每次不是出现得太早，就是太晚
这些年，从一个地方到另一个地方

却再也回不到那条叫作熟溪的河边，那时的你
穿着白衬衫，我恰好站到了你的面前

再也没有那样简单的日子了
简单到没有想过要记着谁

我们只是各自遥望天边的白云

很多年过去了，我们果然没有再见面

2018-04-22

辑二　孤独的人是圆满的

热爱你的热爱

墙上玻璃瓶里的绿萝
深褐色的叶片皱缩成一个窄小的怀抱

绿萝为何而死？渴死还是
淹死，这是两种相反的可能

我们身体里的江河从未平息
我想过这辈子只爱一个人，只做一件事

爱得越多，就可以攀到更高
或者伏到更低

有时会有轻微的燃烧
蒸腾的水汽使我看上去像是在云中

我喜欢天上细微的星光
仿佛一双坚定的手落在我的肩膀上

2018-05-03

我还没有成为自己

你说我适合闲云野鹤般的生活
可是我不知道怎样才能办到

人们如今过上了采摘浆果的生活
他们已经厌倦直接从商店里买到这些

我跟母亲说,我想成为一个农民
我愿意在太阳底下流汗

"你成不了农民!"这是母亲的判断
而且是对的。这么多年了,我甚至还没有成为自己

一个有着很轻肉身和很深孤独的自己
只需要做两件事:奔跑和写诗

2018-05-04

沉默是圆满

自从上次流鼻血后，我总怀疑
自己内心还有些激烈之事

昨晚从熟溪边经过，水声异常的响
记得去年的这个时候曾经录过一段水声

而今我的沉默，像无患子树上
渐渐繁茂起来的绿云

除了晚安，我还能跟你说些
别的什么呢？为这我想了很久

夏天已经来了，我依然喜欢
鹤那样的事物，仿佛在，又仿佛远离

2018-05-11，2023-12-22

关于酒的记忆

从前喜欢雨，现在也喜欢
但已经不一样了

用雨雪下酒
不会比月色差多少

我醉过，在多年前
只是不再记得是为了谁

关于喝酒，我读到过
最好的句子是安房直子的——

"身子里，有一种玫瑰色的
黎明到来的感觉。"

还有一句——
"连身体里都会有一种春天来了的感觉。"

后面一句其实是写艾蒿丸子的

可我觉得用来形容酒也很契合

2018-12-21

将及熟溪

云　生

我们拥有一眼望到底的人生
种菜是补充之一

今天我用了三秒钟三次想象
你在菜园里忙碌的情景

看云是另一种补充
特别是白云

你说离白云最近的地方是西藏
岭上也多白云，或许你可以过来

我们就在白云里
种些菜。无疑炊烟也会有白云的样子

"远上寒山石径斜，白云生处有人家。"
写的就是现在的我们

2019-01-10

关于春日的一点记忆

刚想起

今年的春天没有好好看过一朵花

当然，花不会因此不开

多年前去果园看过一次梨花

微雨，撑着伞，脚下是覆上新草的春泥

我能想起的只有这些了

2019-03-15

无　题

现如今，每次经过墓地我都要多看几眼
这样过分的齐整与冰凉，我并不喜欢

还是从前的好，不规则的石头
随意堆砌，缝隙里冒几蓬草和花

像我们之间的对话，有一搭没一搭
想念我了，踩着草木过来就是

2019-04-15

在山中

去往山顶的途中下起了雨
草木的绿因此加深

站在山脚望见的云雾
走近却很难察觉它们的存在

清风洞里的清风应该正在歇息
我推开门进去小坐了一会儿

林间有竹笋，有三根选择长在道路中央
我们绕过被竹笋掀开的石块往山下走去

2019-04-16

入　止

晴久了,拣一年中剩下的
日子下雨,堆积乌云

经霜的青菜肥美,微甜
就在母亲家的菜园里,隔几天去割几棵

有时层层掰开卷心菜
用最里面的菜心炒饭

再加一点酱油
是想象中的味道,那样清冽的,寂寞的味道

2020-01-19

辑三

我们在自己的局限里获得安慰

在餐桌上父母谈及身后事

心照不宣，是迄今为止

我所能想到的，最好的办法

太阳落山后，窗口陷入黑暗

仿佛此刻的沉默

春风在门外，吹动老叶

也催生新叶

人到中年，没有比一成不变

更让人安心的了

真正的幸福都在偏僻处

一间小屋，一张圆桌

容得下父母孩子和亲人

便也辽阔无疆

喝完酒，再吃饭，说几句话

世间事，所求再简单

也渐至奢侈

不谈及，便不会成真

不过是我的一厢情愿罢了

活着，如草木般欣然又清淡
又有几人能做到
明月照松间，是尘世的良意
于我，良意亦如薄霜

将及熟溪

春日江边

沿着水边向东
鸟迅速飞过，然后不见
我最近的问题在于
无悲，亦无喜
如这江面，心平气和到绝望
也许，风是必须的

花朵已经先于叶子来到春天
它们只管开放，但不需要赞美
赞美是人类的事
停在阳光里的风筝
很久没动
我想，它无法飞得更高了

做人的好处在于
可以自以为是
认为花开年年相同

唯有自己常新

然而却也并不因此欢喜

添的倒是忧伤

2016-03-04

将及熟溪

草木之心

喜欢春日
这渐渐暖起来的天气
如果我是
其实我希望自己就是
花朵或者草木
在微风中落下
也在微风中重生

水只管奔流
我们只管活着
但是如何才可以做到
如草木般自然，安详
除此之外
没有其他
值得我们一再讨论

我从未试着厌恶
一株植物
枯荣皆有妙处

当我行走在人群中
屡屡使我不适的是
欲望散发的焦炭味
那些为此而变形的脸

2016-03-06

将
及
熟
溪

旅　途

可以去溪边
也可以沿着山道走
累了，就躺下
哪儿都是家
路过陵园
墓碑整齐
去年的纸花还在
可惜少了绿树掩映
不过也无所谓

有一天，我们都会成为
孤儿、落叶
这不是好事，但也不算太坏
如果慢慢走，再喝杯酒
天也许可以黑得慢一些
最好的时光，就在此刻
值得我们继续坐会儿
看夕阳在晚风中落下
明月从墙头爬上来

2016-03-07

田园将芜

田里极少看到稻谷

和油菜

废弃的旧屋前

新茶如含苞的绿花

屋里还有一桌一床

一水缸

灶台陈旧，烟囱伸出屋顶

却再不会有炊烟升起

葫芦形状的灯泡上的蛛丝

来源于往日

当年爷爷就住在里面

窗外竹林沙沙

他每天都可以听见

仿佛多年前的那场雨

一直下到现在

当晚餐准备好

一天就又逝去

边上欢叫着

跑过的孩子

我们互不相识

时光的惊心在于

终有一日

把故乡也变成了异乡

2016-03-10

沿　河

早晚沿河上下班

两岸有草木，有村庄

牛在河滩上吃草

我在树荫里停留

流水不为任何人存在

但我们因它幸福

出太阳的时候

人们开始下水洗衣服

白鹭飞来

在春风中

舒展羽翼

是另一种花

唯有芦苇枯黄

保持寂静的姿态

三月的春风

轻易吹不绿它

不像河水

一年四季都是青碧色的

每日哗哗流淌

在石头上

开出白色的花朵

又迅速萎谢

2016-03-11

辑三　我们在自己的局限里获得安慰

为什么春天如此荒凉

春天宜于赏花
水边、山上、屋旁
人多于花

春色固然热闹
却更令人察觉到
荒凉和悲伤

鲜花让枯黄的
更枯黄,静默的更静默
比如芦苇,比如栾树

在春天,我喜欢喝点酒
当然秋天和冬天
也是喝酒的好时节

春风如酒
我不知道需要多少杯
冷下去的心肠才能暖热

枯木才会醺醺然

展开一只、两只绿的眉眼

有时候睁开眼不仅仅是为了看到

2016-03-30

扫墓记

扫墓的人奔波在路上

他们还记得多少

在陵园

墓碑要来得齐整些

至于散落在林间的

往往独自成群

这一切和生前

基本相一致

草木年年长

洒三杯酒在地

盘碟吃食摆好

还准备了钱

也不管你喜不喜欢

总之我们用自己的方式

怀念曾经

直到有一天自己也成为曾经

一年一次

不只是为了想起

更是为了忘记

小屋在，山水在

清风从未停止吹拂

下雨的时候

白色的雾气在山中蒸腾

你站在屋檐下就可以看见一切

2016-03-30

每个人的人生都需要足够的安慰

风去吹拂柳枝
是最高的赞颂
它们没有想过其他
一切均出于自然

有时候我麻木
皆缘于我缺乏
足够的欲望
以及由此衍生的悲伤和喜悦

喝完酒，我们可以继续吃饭
同时选择一个人来爱
最美妙的快乐
不仅来自心灵，还来自身体

凡事尽情就好
就像花朵虚度美丽
我们虚度时光
在甜蜜中腐烂，在盛开中败落

2016-03-31

傍晚在山间散步

山间多土墓

近年又新增了几座

它们随着春风

一直长到我的窗下

归鸟在投林

夜晚的黑影

带着清冷的味道

路上

没有其他人

除了晚风

晚风带来远方

夕阳的光

对它们完成最后的照耀

2016-03-31

减肥记

我需要瘦得有弹性

而不是枯瘪

不止身体，灵魂也如此

与干净的灵魂相衬的是

轻盈的盘子

自然还需添上

一对翅翼。像蝴蝶那样

会飞的花朵

没有比这更令人注目的事物了

它们飞向谁

谁就忍不住由衷地赞叹

如果你也可以

餐风露，饮花蜜

兴起时在花盘里滚一翅粉

人生便会有所不同

春日隔着雨

桥在远方，柳枝摇曳在昨日里

身体冰凉臃肿

储藏的水和寒意

疏理通畅还需一段时日

往事多么令人怀念，流水细且长

一想起，尽是悲与凉

2016-04-21

辑三　我们在自己的局限里获得安慰

春天是悲伤的

春雨一直下
大概忘了停止
就像我们的悲伤
悲伤让宝石一样的
樱桃腐烂

我们悲伤
同时也坚持快乐
萤火虫微弱的光亮
看一次
可以让人怀念很久

我常常站在廊前
面对细雨中的田野和远山
其实我并不能看到更多
不过是
习惯远眺的姿势罢了

2016-04-25

沿溪而行

久雨之后,溪水充沛
路过的人
在柳树下
时隐时现
模糊在巨大的声响里

我喜欢沿着溪走很久
黄昏的光里
还有多远的路
还有多少的人
可以相识和重逢

月亮上来的时候
柳树投下疏淡的影子
在水声里,影子里
还有春日的微风里
我们可以暂时忘记枯萎

只管往前走

并非为了到达哪里

溪两岸的好风景

够我们看上一辈子

从这边到那边，昨日到今日

将及熟溪

2016-04-26

春 暮

春色倾尽
花朵被绿叶替代
我却只是茫茫然
这不是好事
生命该有所衬托

幸福与痛苦
开始与停止
它们互为意义
鸟鸣清脆
必然也有彼与此的区别

所以,去水边也算是
一个选择,坐上半天也好
日渐丰沛的菊溪
它的奔流让我羡慕
让我惭愧于自己的无所事事

然而，除了虚度

人生还有其他

更为重要的意义吗？

大自然从不在意这些。得到就是为了

有一日失去，这是单属于人类的算术

将及熟溪

2016-05-04

野　望

喜欢在窗户边,或走廊上
天空、远山和田野,那样的空旷
与辽远,可以让人忘记很多事情

白鹭多么美,云朵多么美
它们飞过田园,然后消失在远方
远方多么美,消失多么美

唯有美,才能对抗无限。有时候
看到野外的天空搁在周遭的山尖上
这样的完满,仿佛死亡,仿佛美本身

2016-06-16

清　响

山中有清响
宜聆听，宜茫茫然踱步
到天黑
寂静在林间堆积，仿佛雪
无边，但通透
一如此刻的孤独

孤独是我们的余生
对这个世界，包括自己
我一无所知
唯一可以确定的是
我依然爱这自然之音
从未有过厌倦

这样的生活相对来说
要简单多了，也从容多了
如果你打开隐藏于山中的窗户

除了草木鸟雀虫豸

和一阵阵的风

基本上不会再有其他

2016-12-02

月光曲

半夜醒来，只见一窗灯光
不免怅然。等终于看到了
更高处的明月，才略微觉得安心

有些事须在月下做
比如独坐，吹笛，饮酒，听松风
看萤火虫来去，在山涧间

而人世灯火太盛
明月只照深山

在更深的山里
坟茔素面朝天
月色披其上，如丝帛

2016-12-05

独自生活

我想，我从没有离开
屋后那片山林。多年来
所有别的地方都是它
所有的我，在此处，也在别处

习惯了在山林的庭院随意走动
记忆里，风通常有点大
叶子拍打着虚无
流水声忽远忽近

是单属于这里的萧瑟与清冷
坟茔里边的人
我相信他们也不过是独自生活在别处罢了
比如我，你们始终难以完整地从人群中找到

2016-12-07

虚　度

一天逝去，不曾爱过
也不曾做一件符合自己心意的事

比如低头看书，写诗，在山野间
在微风里靠近一棵树，一条溪流

即便是独自发会儿呆，睡去
在昏暗的屋中悲从中来，也好

我无法更爱自己
也始终无法对人类怀有更高的敬意

这无疑是一件极为悲哀的事
这悲哀是我的，也是你的

2016-12-14

虚无之事

快乐的事情已经不多
饮酒为其一
酒之美
在黄昏，在月夜才可见些许

积尘的生活
需要一杯酒重新赋予
新鲜的意思
这也是一种选择

其实我基本不喝酒
如果有一天，我独自喝下一瓶
或者更多。那是因为
我依然对云端的日子心怀向往

片刻也好啊
往外观望的时候
我们将不会看到更多
这样足矣，再多我也已经看够

2016-12-16

如今我更偏爱沉默

很多事说与不说

区别并不大

改变是艰难的，也需要时机

午后最让人欢喜之处在于

当山峦的清寂被风吹动

阳光落在肩头

你会觉察到

自由生活的可行性

我们都不曾真正领略

生之美

有时候我想有一座木桥

或者一堵悬崖

站在上边可以看得更深更远

如今的我偏爱沉默

如果要起身

我希望流水可以带走一切

2016-12-26

临窗记

要求变得简单
且容易达到，比如
天气晴朗便也满足

我们都需要一道沟渠
引开心中的暗流
写诗是一种，仰望是另一种

更多时候我期待一个好觉
死是必然，那么就把活
演绎成爱好。虽然这挺难

喜欢靠窗而坐
抬头的时候总能看见
星空，蓝天

周围都是山。看久了
会觉得自己和它们
并没什么两样

2016-12-28

人间还值得赞颂

近些年,恍惚且惶恐
日子过一天少一天
悲伤总是多于快乐

所以,我常常吃得太多
食物带来的温暖和幸福,无疑过于
短暂,这也是我无法瘦下来的原因

活着无须太用力,只是我
似乎从没使上劲,有时是不想
新的一年,或许该有比较新鲜的态度

比如赞颂,比如歌唱。但这依然是个难题
在乡间多年,我已经习惯了草木静寂的芬芳
很多时候,我空坐着,只是空坐着,让空繁殖空

2016-12-31

我能给的爱已经那么少

今天终于下定决心
只吃了几口白米饭
几粒牛肉
青菜过于寒凉我没有动
我想，很多的人事我已消化不起

昨晚八点多
母亲送馄饨过来
她亲手包的
为了给上早学的孩子早上吃
里面有剁得细细的肉和芹菜

正值学校晚自习下课
车子一辆接一辆
我拉住母亲的手要她再停留会儿
等到车流缓下来
看着她走到马路对面

在这个世界，我能给的爱

已经那么少

星辰是其一

2017-12-06

将及熟溪

父　亲

如果要听雨
可以种些荷
或者芭蕉
但是喝酒，有酒就行

父亲干完活就喝
各种酒。从前我也爱喝
陪着父亲一起
现在我的碗里全是水

酒并没有使父亲暴烈
从小到大他都没对我说过一句重话
或许是因为父亲每次喝得并不多
刚好够让他的心肠柔软

我家的狗吃了第一块肉后
拒绝再吃其他
现在父亲每餐把自己盘里的肉
匀给它一些

像小时候，我口渴了

就从父亲碗里喝一口酒

"再不背就长大了。"是父亲当年惶惶的语气

而今我也已中年，四周都是山

将
及
熟
溪

沉默是必要的

沉默是必要的
当我坐在一棵大树的阴影里

我经常手里拿着眼镜
然后四处寻找眼镜

每晚醒来，对面窗户亮如白昼。我很想知道
是什么样的热情需要日与夜的交替映照

夏至后，天气反而凉快
而绝望和耻辱还不足以固定我

每天早上，我都要在一排夏衫中
找到隐藏的长袖，把自己完整地遮蔽

2018-06-20

信

中学之后
不再写信

因为我知道不会再有那么一个人
花费时间等一封信的到来

孩子说，雨天打伞的人是懦弱的
是的，我终究徒有一腔孤勇

连日下雨，始终没有合适的鞋子可穿
才想起，长大后没有准备过一双雨鞋

也没看到过一只邮箱，立在落雨的街边
漆成绿色的那种。我的世界已经十多年没有这些了

2018-06-22

我们在自己的局限里获得安慰

局限性在我身上如此明显
"而偏见让我无法爱别人"*

孩子们奔走在补课的路上
绝望以习题的形式聚拢,没有边际

他从六只小狗中挑出一只关进笼子
小狗持续的哭叫声中夹杂着他畅快的笑声

最后他把它放回狗群里
从而获得一种灰暗而又平静的秩序

* 引自《傲慢与偏见》

2018-07-23

云　朵

在八月初的河边
一只白鹭沿着草滩缓慢飞行

它的缓慢里深藏着审视
和我们所不知道的富足

必须铭记的是，在快中丧失的
唯有慢方有可能让我们重新获得

当我如一只白鹭投影于水面
我的白有别于它，我的寂静同样有别于它

我低头的样子，是拒绝原谅
是我的耻辱，始终难以向你一一描述

2018-08-10

年末的一天

这是十二月第二个晴天
万物重新拥有耀眼的生活

经过鱼池时,我找到了
幽香的唯一来源:一株黄色的蜡梅

摘一朵藏在手心
仿佛自己因此可以成为另一株

傍晚的时候,站在窗边看天
这一年很快就要过去了

剩下的两天留给了雪
终归需要下一场才行

旧年与新年再也没有分别
这算不算好事,我还不知道

2018-12-29

雨　中

将及熟溪

雨一直下,仿佛悲伤
没有尽头。我只有今日
白天灰白,夜晚深黑

细雨里,白鹭有时一只
有时两只。我无法确定
自己是否看过同一只

但都可以叫——
白鹤,白鹭鸶,白鸟,春锄
丝琴,雪客,一杯鹭……

我准备了各种伞。伞是拒绝的一种
孩子说:在雨声中入眠真是幸福呢
是的,如今我只对雨声还略有好感

2019-02-16

120

春　日

下雨天基本不出门
其实，我也很少说话
没有什么是必须的。远处的红梅
我起初以为是桃花

在石头上坐下
就那样，光坐着就很好
久了会觉得枝头的花
正是我要说的话

今天的雨除了下在今天的窗前
它没有别的去处
"把每一天都作为最后一天度过"是个好办法
我每天给自己写信，是为了更诚恳地面对自己

有几个未曾谋面的朋友已经不在
我把他们留在通讯录里
"没有死就没有生的意义"
我不知道这算不算是对死亡的最高赞美

2019-02-17

雨中的生活

将及熟溪

雨中的生活没什么可提的
从前我有多爱雨,现在就有多厌倦

经历过将近半年雨天的人
裹着铅灰色的云朵

偶尔在雨中写诗,但拒绝谈论
河流南岸的柳树比北岸的先绿

这是昨晚的发现。老屋矗立于
雨中,有不可言说的清寂

我是雨中的雨

2019-03-06

胜　境

绝望的人不止一次谈到死亡。她坚信
只有死亡才能与目前的困境达到完美的平衡

有时我会递给她一杯酒
有时干脆沉默

沉默是我必须抵达的胜境之一
诉说却从未停止

我们被锻造
从一座熔炉到另一座

借助雨滴
我们曾经历无数次的碎裂

我们有相同的未来
我还没拥有令自己满意的一生

2019-06-08

霜　余

根据仅有的线索,你衰竭的因由
却一眼可以判定

不停倾诉
但始终无法说出真正的自己

西湖边的柳树和别处的相同,也不同
你坚持过一段时间就去看一看

先坐高铁,然后地铁
花在路上的时间,明显占了大部分

初识你在四月中
我们握过手,除此我想不起还有什么

霜通常比较薄
接近剩余的你,和我

2019-06-10

交谈的黄昏

我们的交谈漫无目的
但这正是目的所在

避开诗歌和意义
我们各自生活

基于某种原因
三年前你转向草木

你需要再次确认自己
寒冷的十一月

暮色填补了空白
你焦灼的心从未得到过抚慰

2019-06-18

种菜记

菜园是个好地方
你花费在菜园里的时间比任何地方都要多

把可以种,想种的菜全部种下后
留下的空白反而不断扩大

黄昏里你弯下腰
向着刚割去头颅和身体的空心菜

残缺和空无
使它们第一次获取了重量

你想到,或许自己也该
往这泥土深处埋一埋了,像一棵青菜那样

2019-06-21

辑四

海的骨是柔软的意思

海的骨

一

盛装打扮

让人觉察到寂寞

隆重的寂寞

二

满怀欲望的人

奔走在路上

仓皇又寒碜

三

说了太多话

突然停下来，那样的空虚真叫人讨厌啊

用沉默才能很好地掩饰吧

四

秋天了，凉风吹来

深深地觉得

快活啊，一直这样下去也没什么不好

五

洗着衣服，阳光迎面照在脸上

心里没有其他事，这样就够了

我想成为这样的人已经很多年了

六

小狗看着我的样子

像是看着整个世界

我在镜子里，学着看了看自己

七

就算悲痛欲绝也好啊

我很久没有这种

尽情的快乐了

八

我只有现在这个渐渐老了的自己

秋天荒野里的老屋

落上几片黄叶也是好的

将及熟溪

九

睁着眼睛都累
暮春的花开久了就是这副模样
准备凋谢吧

一〇

早上醒来
看见外面阳光明亮
连头发都像刚刚长出来似的喜悦

一一

和父亲母亲一起吃晚饭
突然落下泪来
幸福的日子现在我数着过

一二

午睡醒来，听到了
今年夏天的第一声蝉鸣
真幸福啊，孩子这么跟我说

一三

也想过去死，多年前

泪流满面地哭。那样的激烈
真叫人怀念

一四

近些时日突然醒悟
原来想念
是这样辛苦的一件事啊

一五

看着看着，雨就停了
不得不说
没有了雨的窗户不是一般的乏味

一六

沉默着，如明月高悬
有时又想找个人吐露心声
残月一样存在，大多数时候

一七

想到同样的工作
还要做很多年
就厌倦得打起哈欠来

一八

从前，还是小孩的自己
趴在父亲背上的温暖和安稳
没有什么可相比了

一九

还是到山水里去吧
无路可走的时候，我就这么想
是唯一的路吧

二〇

有时候觉得活够了
有时候又觉得可以坚定地直到永恒
这反反复复的可怜的心

二一

爱的味道，尝过，还是没尝过
全然没有了印象
真如死了一般，这些年

二二

明亮的午后

坐在阳台上

听了几声鸟鸣，然后睡着了

二三

饥饿又空虚的心啊

找不到一个说话的人

试着用些什么填满它吧

二四

只管开和谢

我几乎过上了这样的生活

我是说"几乎"

二五

年少的时候以为

爱一个人，就可以一直爱下去

不只是我这样认为吧

二六

那个十四五岁的少年

看着我的样子

从来没有忘记过

二七

"保重"是我对你说过的
最严肃的话
一想起就寂寞得想要喝酒啊

二八

就这样走出门去
想离开的心
没有目的地

二九

忍不住的眼泪
就让它痛快地
流淌到天明吧

三〇

除了喝酒
喜悦的事,悲伤的事
还可以怎么表达

三一

什么都不能使我觉察到快乐

不如醉一场
春天的黄昏

三二

每天吃了睡，睡了吃
这样百无聊赖的日子
我一天不落地过着

三三

说了很多深情的话
听的人却毫无反应
多么叫人恼恨啊

三四

每天这么多的事情
没有一件是我想做的
想想就觉得寂寞了

三五

等穿上薄单衫
心情会变好吧
我常常这样可悲地寄希望于别的事物上

三六

就这样

逃去了远方

却等着有人来找，可悲的念头啊

三七

把心里的话写下来

自己反复地看

已经这样孤单了很久

三八

沿河听着水声

突然想独自走到

水流的尽头

三九

做个温柔的人吧

就那样子微笑着，一直

有时也应该会觉得艰难吧

四〇

路遇年老的人

禁不住悲哀地思及自己
年轻是多久前的事了

四一

阴影里的事物
在夏天的清晨看着
那种愉快的感觉长久在心里

四二

我想温柔地对你
不知不觉将逝的春天
阳光很好的日子

四三

远远的春夜
悲伤都觉得可怀念
熟溪的轰鸣真响啊

四四

在什么地方
把自己藏起来
为什么我一直思考着做这样的事

四五

有时看久了
会深深地感到吃惊
人类真是丑陋的生物啊

四六

没有下过雪的冬天
说不出的寂寞
我还要过多少个这样的冬天呢

四七

随地吐唾沫的人
为何我常常看到
真想住到深山里去啊

四八

听到赞美的话
并不高兴
先自深深悲哀了

四九

有时候

想过要做个温暖又美好的人
春天阳光那样的

五〇

不合群带给我
最大的好处
就是短暂又宝贵的自由

五一

悲伤的春天的夜晚
落泪的只有我
只有我啊

五二

清早起来
路上遇见的人
明显有新鲜的姿态啊

五三

睁大眼睛认真
听我讲话的孩子多可爱啊
清晨的雨落在嫩绿的灌木上

五四

春天晴朗的日子
我为什么寂寞得
想要凋零呢

五五

夜晚的河边
跟着我的小狗的快乐
我清晰地感受到了

五六

这个世界不适合我
跟你这么说的时候
冬天的雪静静地落在了熟溪里

五七

今天路上走着的人
一个个都如我啊
在荒野里

五八

坐长凳上，隔着

垂下的柳枝，独自看风景
注意到水声的寂寞了

五九

有个年轻的男子
我和他迎面擦肩而过
两次的缘分，在公园里

六〇

一个人沿河散步
深夜的水声就在脚边
踏浪而去吧，我这样告诉自己

六一

喜欢温柔地跟狗说话
为着人类所没有的
那样湿漉漉的眼神啊

六二

喝酒后，摔了一只瓷调羹在地上
这样微醺的快乐啊
我想时时都有

六三

我的爱人,如果这世上有
我想看一看
他的样子

六四

把自己弄丢吧
最近我稍稍有点兴致的
也就只剩这件事了

六五

夏天快到了
好像摆脱了什么似的
春天是终于要过去了么

六六

这样那样无聊的事多了
使人连这一生都想
草草敷衍过去算了

六七

看阳光下的事物久了

产生活下去的决心

应该也不足为奇吧

六八

希望遇见一个柔软的人

像遇见一朵花

像遇见自己

六九

时常有白鹭飞过的田野

我喜欢用惊叹的心情看

慢慢扇动的翅膀，一定柔软得要命吧

七〇

春夏之交的

附近的山上

栖停着团团绿云

七一

从小学会一个人躲在屋里哭泣的我

几乎要怀疑

从未被疼爱过

七二

枝叶稀疏的树木

月光下的影子

我看了又看，自己也是画的一部分呢

七三

隔着柳条的帘子

看什么

都很有意思

七四

胃口好得叫人悲伤

如今的我

这成了唯一的快乐

七五

浓密又走势陡峭的眉毛

多少带点

杀气

七六

苦恼得难以忍受的日子

除了喝酒

还流下了伤心的，伤心的泪水啊

七七

唯有你胖

我依然觉得好

原来自己是这样蛮不讲理的人哪

七八

满是露水的玫瑰花

我看了又看

珍惜着短暂的光阴

七九

水田波光潋滟

夏日的田野看上去

要比春天时明亮呢

八〇

枕着水声睡吧

春天寂静的夜晚

古老的廊桥边

八一

那天我想跟你说的是——
天晴久了
熟溪露出了它瘦弱的骨头

八二

两三岁的孩子
抱着抱着就舍不得放下
真是柔软得不像话啊

八三

碰触到静止的树叶
心中生起
惊扰到别人梦境般的歉意

八四

想起栀子花
落在翠绿叶子中间
发黄的花瓣，又惆怅了起来

八五

今天又孤单得落下泪来

哭完觉得似乎又开心了些

五月刚刚开始的某一天

八六

因为你

像尊佛的男子

发觉脸胖才亲切啊

八七

每次碰到公鹅的鹅包

我都有触到了一颗心的慌乱

只想着马上逃离

2016-09—2023-12

将及熟溪

辑五

美是件令人发愁的事

吹　衣

"寂寞啊,脚后跟又干燥又粗糙了。"*

脱下鞋袜,她把脚放在上午十点的阳光中
没有叶子挡一挡,白玉兰的花瓣真是落得极快

她叹了口气,伸向溪流的脚仿若枯枝垂向水面
风吹过树林的声音不是一般的大

她凝神听了一会儿
没有听见风吹花的声音

"太柔软的缘故吧!"
站在溪流和天空中间,她有片刻的茫然

"溪流和天空有相同的曲折。"
在前一阵风和下一阵风的间隙她喃喃道

* 改编自电视剧台词

2023-03-08

春　愁

"脚后跟干燥又粗糙，说的是我吧？"
"啊，那是因为孤单和寂寞。"

她的回答白花一样
无辜地落在泥土上
春日清晨的阳光
从堆叠的叶间漏下来
像是瞬间把她点亮了
"真想看看春天完整的样子。"
她眼里流露出向往

"万古愁啊！"
很久之后他说了这么一句
所有春天的花朵
似乎在一瞬间随着他的话音
重重压上了枝头
她需要深深吸口气缓会儿

不得不说,在春天

美真是件令人发愁的事情呢

2023-03-08

辑五　美是件令人发愁的事

春　叶

她穿过连廊，回到办公室
俯下身把脸埋进了
桌上的叶片里
是令人舒心的淡淡的木叶清香

"啊，真像是到了很深很深很深的山里啊！"

外面，雨落在树叶上的声音
清晰而悦耳
那些绿的，红的，橙黄的
布满斑点的
樟树叶片落在地上
居然有比春花更惊人的美丽

她把目光移向了窗外
不知是因为雨天，还是春天
林荫道是郁绿的暗色
像是个没有底的梦境

她拿出一面小镜子照了照
鬓角的白发又多了

2023-03-22

清 漪

她着迷般盯着地上、水池里的
樟树落叶
看了好一会儿
才想起什么似的抬头看向高处

很明显
每一棵樟树都换上了新的叶片
几乎能看到叶片上绒绒的白毛

是春天的样子了
是让人忍不住去思考
"幸福"或者"生命"的春天到了

而且，新叶子让林荫道看上去明亮了许多
池子里的微波呈椭圆形向四周扩展
水里的樟树和石桥都莫名清晰

这样澄净的水，她很久没见了

2023-03-22

旧　忆

教室后面是春天的斜坡
毛茸茸的绿草从最底下爬到了顶上

她常坐在二楼的窗边望着斜前方出神
那里有一棵紫桐树，紫桐树下是一口老井

她有时会在那里打水洗衣服
紫桐花落下来，有些在泥地上，有些在井里

井的东边是间低矮的土屋
幽暗中停着一排排生锈的自行车

其中一辆是属于她的
是一辆永久牌自行车

那是哪一年呢？她始终无法确定
但一定是一个春天

某一年，某一月，某一日
一个仿佛可以在春天的细雨中融化的日子

2023-03-25

将及熟溪

但 见

办公室门前的水池里养了
三条红鲤鱼。她常常驻足池边观赏

红鲤鱼游动带出的波纹
让她想到钟声
暮霭中的钟声落到水里
拖出粼粼的余音

有时,它们用尾巴拍打出
清脆的水声
伏案工作的她总能在声音响起的瞬间听到

盘旋而上的楼梯
堪堪把影子投在了水池的上面
是阴凉沉积出来的灰暗

在没有阳光照入其中的时候
鱼有没有属于它们自己的影子?
有一天,站在池边她突然想到了这样一个问题

2023-04-11

落　雨

她经过连廊，从台阶上下来

走向林荫道

雨声霎时变得细碎清脆

如果下在深山空谷里

又会是怎样的一番情形？

她踮着脚尖

从雨声和积水中间穿过

积水里有落叶，和落雨画出的圆

那样完美的圆，是她想象不出来的——

新的圆覆上旧的圆

永远没有止境的延展

她忘记了其他，在这些花儿一样绽开的圆中间停下了脚步

"真想这样一直看下去啊！"

直到远处隐隐传来了

属于孩童的稚嫩的声音

她才惊醒般抬起头

在林荫道的尽头,在雨的那边

大门正缓缓打开,她知道

孩子们就要进来了

2023-04-23

春　天

将
及
熟
溪

很久之后,浮在水池中的乌龟
摆动起它的右脚掌
柔软的脚掌呈现出的弧度
令她想到了桃花花瓣

是一只乌龟,在春天
伸出了桃花一样的脚掌
"到底是春天呢!"

脚下的地面铺着鹅卵石
绿色的小草从缝隙间长出来
把石块团团围住
她的影子也落在绿草之间

寺庙两旁的山上
映山红开了,是红绿斑驳的
真正的,春天的山呢

2023-04-24

黄　昏

摘完茶叶
沿着山谷中的小道回家
经过一座小山坡时
母亲说:"这是我和你父亲种的茶树。"

青灰的暮色中
满山坡的茶树,静默整齐
右边幽暗少人的小径尽头
有几座微微耸起的坟茔
是那种需要辨认很久才能确定的草丘

月亮已经上来了,和从前一样
有些寂静的光,落在我们发白的头发上

2023-05-01

新 居

这是小山的最高处了
她试着往四下看
满目都是葱茏的绿意

林立的碑石上
刻着一个个名字,都是她熟悉的
其中两块上是她父亲母亲的

雨稀稀疏疏地下了起来
母亲说:"都准备好了,搬家时就从容了。"

那时,他们正走在回去的田埂上
田里新插了秧苗,水波粼粼
是四月下旬的一天

2023-05-01

梦　境

"是属于陌生人的声音啊!"
她紧蹙双眉,有些懊恼地嘟囔着
就在刚刚的梦境里,有人连唤了她两声
她便猛然惊醒

她看了看墙上的挂钟
起身穿上拖鞋,来到阳台上
天已经亮得差不多了
她打开窗听了下鸟鸣
鸟鸣声顺着翠绿的枝叶
滴落到了下面的水池里

她的目光也跟着往下
池水微微发绿
可以看见鲤鱼游动的红脊背
她又想起了那两声叫唤
那样空荡荡的两声,完全陌生的声音

仿佛鸟鸣,不知顺着哪棵树的枝条

滑向她

她觉得自己马上也要像那池水一样

泛绿了

2023-05-09

将及熟溪

幻　觉

一棵树
独自长在连廊旁边的荒地上
春天的时候
她注意到这棵树长出了淡红的叶子
像是长了一片片的花瓣
在阳光里，散发着娇媚明润的光泽

每次经过的时候
她都要停下来观赏
立夏后的一天，她惊讶地发现
叶片变绿了，是那种鲜嫩的绿
"像是幻觉呢！"她悄悄地对自己说

如果从前她认为它是一株花
现在它是一棵真正的树了
一条藤蔓
已经绕着树干往高处爬去
"在这种地方寄生，并且活下去……"*

她抬头仰望着，在树的最顶梢
仍有几片叶子是淡淡的红

　＊引自川端康成《古都》

2023-05-09

将
及
熟
溪

竹　阴

大门左边的池塘水面上
浮着睡莲的圆叶
还有几只灰鸭子
睡莲开了,是好看的粉色
不过大概也只有七八朵的光景

大门右边不远处的几丛竹子
掩映着一座白房子
一想到要在竹子旁边的白房子里呆上一天
她走过去的脚步轻盈了不少

没有风
但竹子的枝梢似乎在轻微晃动
她在竹阴里站了会儿
轻轻地把几绺头发撩到耳朵后边
然后走了进去

2023-05-11

即 景

一个中年男人坐在柜台后
墙柜上摆满各类酒和香烟
她只记得他的脸——
很久没见太阳的苍白
他垂着眼帘坐在那里

每天上午七点二十分
她会准时经过他
和他那略显幽暗的小店

他苍白的脸在幽暗杂乱的背景里
浮雕一样凸现
他叼着一支烟
烟雾升起的瞬间
他的脸会有短暂的模糊

隔着一条水泥路,是熟溪
清晨的熟溪,黄昏的熟溪,往日的熟溪

2023-05-12

白　发

"啊,原来你也长白发了啊!"
她跟他说出这句话
心底似乎有些欢喜
夕阳照着黄昏那样的欢喜

从去年开始
头上的白发
像是稀稀疏疏的雪落到孤寂的山头
渐至有了那种老了才会显露的寒酸相
"真是让人讨厌的感觉啊。"

"你也是哦!"
他这么一说,让她蓦然产生了
两人好像是相约一起老去似的想法
她的眼眶湿热起来

是在什么时候

什么地方说到这些的，她完全不记得了
也许是在栖霞桥，也许是在长安桥
就是一种类似"月夜带来的真正的喜悦"

2023-05-13

将
及
熟
溪

阵　雨

那时候，她正站在一丛绿竹旁边
脚底下的地面因为潮湿，成为乌黑色

她记不清这是第几阵雨了，她想起一个人
想起他绯色的耳廓

公园里的凳子在黄昏的幽暗里
熟溪的水声分明起来了

天上新的雨正在形成，她伸出的手碰了碰竹叶
微凉的感觉，仿佛触碰到了一种
叫"爱"或"命运"的东西

2023-05-23

夕　照

"夕照里的田野多美啊!"
"是啊!"

她边回应着他,边来到阳台
初夏傍晚亮得发白的阳光透着一股
荒凉和脆弱的气息,连带房屋投下的
阴影都有了淡淡的哀愁。这还是她第一次
和别人一起看浸润在落日余晖中的世界

西边的天空变幻着颜色
她想象着,夕阳下,一辆列车与田野
分别朝着南北两个方向奔跑
他的脸出现在其中一节车厢的窗后
橙红,浅紫,灰黑的光影在他脸上交替
最后是满天星光
他的眉眼,在灯光里渐渐就有了一种温柔的寂寞

2023-07-07

174

月亮是一封旧信

毛茸茸的圆月亮挨着看台停在那里
前年的那一枚放在这儿久了应该就是这副样子
像一封信被摩挲出了絮状的边
同时还有花朵枯萎后的颓然与暗哑

在这封未寄出的信里
她曾用蓝色的墨水细细地写了这么一行字——
"今晚的月色是荔枝味的。"
现在,那蓝色有些苍白

她把一盏路灯和月亮拍在同一个画面里
"是两只旧月亮,两封旧信呢。"
她想了想,又在边上添了一句
"今晚的灯光和月色一样美。"

2023-07-16

月　夜

她在火车鸣叫声中摸索着来到窗边坐下
车轮撞击钢轨发出的声响咣当咣当地敲着夜晚的沉默

外面的灌木丛、田野、青山只是形状不一的黑影
只有一座小屋亮着，微弱的灯光在水波里轻轻摇荡

她渐渐感觉到了凄凉。那就像另一列火车
在窄窄的轨道上高一声低一声鸣叫一会儿吧

天上是一轮明月，她微微仰头
洒下的光辉落在她的脸上
那是静夜里唯一接近月亮的白

2023-07-18

看　云

"这么好看的云，一个人看难免会孤单吧？"

她转过头望向不远处的栖霞桥，树的绿荫
使她看上去有不同寻常的寥落

夏日午后的三四点钟
连路边的木制长椅都透着幽闲和宁静
她坐下来
阳光从梧桐树的枝叶间隙落下
有几滴泼溅在她身上

熟溪的水声在此刻清清楚楚地浮现
近在眼前的浪花闪闪发光
是那样静寂的一个夏日午后啊

2023-07-23

追 风

乌云笼罩的天空低了很多
熟溪黑黑沉沉

岸边的柳树下走着几个人
朝着乌云移动的方向

风扬起柳枝和他们的衣服
"将会消亡到哪儿去呢？"

暮夏的风吹动
她黑头发下柔软的耳垂
也吹动她刚刚说的话

2023-08-09

初秋午后

立秋后的阳光被薄云遮挡
等落到她身上只是淡淡的明亮
她伸出手探进熟溪的浪花里

"幸福是有局限性的！"
长安桥上的栏杆在夏日的某一天被漆成了黄色
刚刚，她就是从那儿经过到了南岸

身后寂静的树丛中有个小亭子
木制的长椅上有几个老人
默默坐着，似乎石头一样静止在那里

又似乎在轻微地摇晃
像被风吹动的枯叶

2023-08-11

静　夜

她手中的书停在那里很久没有翻页了
月光隔着纱帘透进来
刚好落在她手指细细摩挲的一行字上——
"女人越温和善良，就越痛苦和悲哀。"

沉浸在月色里的熟溪仿佛睡着了
柳树的影子淡淡的
闭上眼睛
她似乎感觉到漾起的水
舔上了她的下巴颏儿

就从下巴颏儿开始
渐渐渗入心底去了
是那样清凉的寂寞啊

天上，一枚弯弯的细月
被什么钩住了似的，停在那里很久了

2023-08-11

辑六

我有过更高更远的生活

菜 园

在屋后的园子里
种上几畦茄子和辣椒
还插了一些紫背菜的茎条
其实我更爱它的别名——
观音菜、补血菜

每天早上
在它们身边站一站再出去
黄昏时，就着夕阳
浇上几勺清泉水
有时候会有蚯蚓爬到边上的水泥地
我拿根小木棒
把它们拨回土里

2013-06-23

尘 世

窗边种一丛芭蕉
门前的池塘里留些残荷
可以听听雨声
可以长久坐着
看看尘世细微的星光
有时候低下头去
桥下的流水那么清
这样又可以过好多年

2013-06-23

清　晨

早上起来

看到菜园里的苦瓜花开了

不由低下头

闻了闻

上面有一只蚂蚁

已经在清香里

绕了好几圈

鸟鸣声不断

园子边的小山

在夏日的风里微微摇晃了起来

再过会儿,清晨的第一缕阳光就会斜照进林间

2013-06-24

夏　日

挨着我的小园子的

是另一个更大的园子

种着丝瓜、黄瓜、茄子

还有苦瓜、辣椒、豇豆、毛芋、四季豆

我时常在园子里忙碌

偶尔会有邻人来

采摘一日的菜肴

微风不时吹过

不经意间

吹长了夏日

2013-06-24

七月的一天

初升的太阳

把金黄的光芒

涂抹在围墙顶的柴垛上

一只蜜蜂嗡嗡嗡地哼唱着

那些明亮的丝瓜花

就这样一朵接一朵

被叫醒了

此外，还有我

还有这七月的清晨

蓝天上的白云

正在北移

2013-07-09

镜子里

很久没有下过雨了
炽烈的日光
把园子照得明晃晃
像是走进了一面镜子里
我总是恍恍惚惚
记不全很多事
那又怎样呢
闲暇时
在园子里走来走去
把成熟的果实轻轻摘下

2013-07-13

旧日窗前

夜晚在园子里收衣服
静而安详
林子沉默
地上泛着幽白的月光
玉米隔着低矮的土墙
把影子投过来

就在屋子的深处
我再次看见你们
多少年了
旧日窗前,旧日灯光
在细细的雾雨中
一点,一点,茫茫的黄

2013-10-10

院　子

种些什么好呢

矮墙低低，可以攀爬满绿藤

就银杏树吧

下面安张长木凳

时常去坐坐

秋天叶子沙沙落下

我也不扫

小小的雏鸡

像只绒球

在扇子一样的叶片间

滚来滚去

2013-10-29

将及熟溪

秋　风

入秋后
园子里全种上了青菜
等降过霜，它们将会变得甘甜
有时候虫子来到绿叶上
咬出细小的洞眼
秋日的风
刚好从其中穿过

2014-12-02

春 分

如果不是因为天蓝
如果不是因为风筝
我差点忘了自己是有翅膀的
在你们不知道的地方
我有过更高更远的生活

2018-03-21

潘午潭

在潘午潭边
最好只有垂柳
最好只有春天的风

白色的云朵散落在潭心
我曾在这天空之上荡着小舟
时不时和不远处的郭山相望

这样，一日便也转瞬逝去
但不仅仅是如此，就像潭边的油菜花
它们用金黄加深了金黄

黄昏的时候经过廊桥来到亭子上
等月亮爬上柳梢
春天的风就可以一遍一遍地吹了

2018-03-27

松树林

站在田庐前的花台上
就可以看见那片松树林

树林小了点，留不住太多的风
我喜欢从中间的小径过去

挺直的树干，一棵与另一棵之间
保持着舒服的距离

我在春天来到这里，我很想知道紫堇之后
还有什么花会开放

当风经过，我需要闭上眼睛
用我的空旷去理解它们的空旷

2018-03-29

白　鹭

这些长了翅膀的云

它们大约有：一朵，两朵，三四朵……

还有，数着数着，我把自己也数了进去

这样的感觉，我不知道该如何形容

我只是想过，要和它们一样，有时交给风

有时交给自己，遇见喜欢的草滩，就把翅膀收起来

2018-03-29

白鹭溪

既然白鹭喜欢，就叫白鹭溪
也没什么不可以。过去和将来都不重要

有桥就有不错的风景
所以我们选择站在半圆的石桥中间

遥远的物事如今能想起的只剩几件
白鹭是其一，天空是其二

隔着足够的距离，试着望一望
这片丰茂的草滩，其中的溪流还无人管束

与此相对应的，是垂钓的渔人
他在河边的柳树下一坐就是一天

离开这里，我还没想到其他更好的地方
我所爱的都在这里，自由又辽阔，蓬勃又轻盈

2018-04-03

我从来不在这里

孩子晚自习回来
还要继续忙碌到十一点多

我不知道该说些什么
我想要的,从来不在这里

每天傍晚沿着熟溪奔跑
我都会思索关于翅膀的问题

在接近消失的西山里
我拥有白鹭的一生

2018-05-17

田庐一夜

他们都走了
好在留下了风声和清泉

这是最理想的生活
我知道墙边还有几竿翠竹

一夜我都睡在流水里
或者说我也是一小截流水

一小段时间。夜晚令我安静
我不关心自己会流向何方

我们的将来不会有太大的区别
但是我记住了半夜黑屋顶上方的星光和风声

这样寂静又空旷的余生
是我们无法轻易描述和拥有的

2019-02-07

田 庐

这里最多的就是桥,流水慢

且浅。花些时间停留在丛竹的阴凉里

看几只鸡寻觅它们的食粮

被遗忘的老人,在过去的屋子里

已经很难把他们与旧物什区分开来

最好的日子其实都在偏僻处

很多时候,并不需要见多少人,说多少话

风吹来,石榴花耀眼的红,落在石缝的草上

2019-05-21,2023-12 21

岭下汤老街

在这里,我觉得自己终于可以安心老去
和旧椅子、旧推车、旧杂货店一起

庭院是现成的,木门嘎吱响
到街口的打铁店买把锄头

种些辣椒、茄子之类的菜蔬是必须的
偶尔吃点馄饨、肉麦饼

相对来说,甜糯的糕食更符合
我现在的口味。一个人在小巷走

窗下停靠着的那辆自行车我看了很久
我喜欢它上面的斑斑锈迹

我也有过这样的一辆自行车
我骑着它去过最远的地方

2019-05-22,2023-12-22

温泉小镇的一天

到达百泉谷已经是上午九点
秋阳下，房屋、群山
四处散落的人，闪耀着萤石的光芒

十点半左右，我站在鹿湖山山顶
面对一座沉睡的湖泊
秋天金色的锈迹布满其中

下山是十一点之后的事了。走在山林间
觉得自己应该是一只秋虫
只接收同类的讯息，比如风声，虫鸣

等我坐在一水间的烟雨楼用午餐
想到的是需要四扇打开的窗子
把垂柳、溪流、微风邀请进来

午后，在璟园的花间沽酒
借着幽暗的光影，我细细研究
如何在转折平衡中完成一个祥和的"福"字

至于到了黄昏，我还没想好要去哪里

还有夜里，我要去溪里溪做什么

当我睡去，它是否可以带着我流动

2019-10-23,2023-12-22

将及熟溪

溪里溪

秋天的溪里溪更安静了
有时隐身于绿草野花之下
有时把绿草野花分开,从中间穿过

我脱下外套轻搭于手腕上
一群人走着走着就散得差不多了

我一个人坐在溪边的石墩上。黄昏
就要来了,一个只属于我和溪里溪的黄昏就要来了

2019-10-25,2023-12-22

辑七

我愿把世间所有的桥都唤作"长安"

我只过两种日子：月缺的和月圆的

黄叶在秋天飘零，雪只下在冬天
这是我一直以来的理解

更确切地说
我们心里另有一个四季

于我，日子也无非两种
月缺的和月圆的

而月亮有无数种，站在长安桥上
看到的，无疑是最好的一种

冬日溪水从低矮的石坝上跳下
就像我决心投身于某种空

月色般广大，无边
寂静般自由，虚无

2018-12-02

长安桥

从前我喜欢走在阴影里
现在我连黑色的衣服都不穿

我更愿意跟你提到长安桥
世上有那么多的长安桥

每天我都会从其中的一座走过
桥下是永不回头的流水

还有转瞬即逝的波纹
和临水照影的云朵

有时也有白鹭，当它停驻在堤坝下方
我需要花更多的时间才能找到它

这么多年来，唯一没有变的事是——
我走在我的长安桥上，你走在你的长安桥上

2018-12-25

黄　昏

雨一直下
从旧年下到新年

我每天由东走向西
迎着流水回家，如果有斜阳更好

平静中的绝望
属于我们所有人

树木被冬天留在岸边
河上有许多桥

我通常由长安桥去到另一边
有时是栖霞桥

黄昏这么好
细雨里，柳树落尽了它的叶

2019-01-07

一个人的长安桥

将及熟溪

持续落雨的春天，肉身
沉重，连进食都是多余的

每天从长安桥的一头走到
另一头，这是逐年养成的习惯

喜欢"长安"两字，还有"栖霞"
栖霞桥就在不远处，隔着一段春水

当我站在长安桥上
沉默是唯一可以做的事

沉默是圆满，寂寞也是
不再期待有人理解

当你拥有一座长安桥
你会开始赞美消失

2019-03-02

月　出

所有的明月都是在长安桥上看的
因为只有在长安桥，我才会想起

要抬头，要望向那
孤悬的，静寂的荒凉

此外我还注意到一个人
一个独自跳双人舞的男人

手里拿着一只小小的唱机
树的阴影倾覆到他身上

我大概可以简单地描述他的轮廓——
瘦，高，长脸

在任何一条路上行走都不会被注目
我不止一次看到他

在长安桥头，他张开双臂

虚抱着一轮明月

2020-01-06

将及熟溪

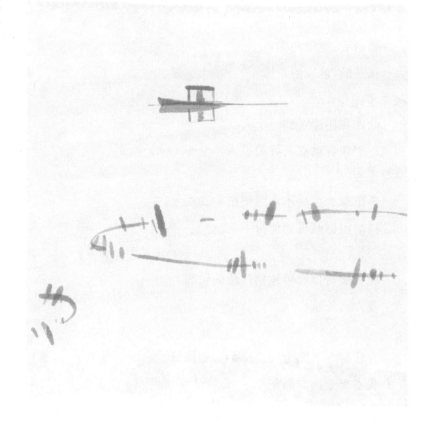

无　题

错过了去年春天的花
又错过了今年的

却也说不上有多遗憾
美妙的事物应该一再被错过

那天出门，测了两次体温
一次三十五度，一次三十六度

必须承认，我们终将这样
低温、冰冷地度过余生

熟溪上有很多桥，最近
我只去叫长安的那座

过了桥右拐，往西，因为逆着水流
我总有巨浪拍打在身上的错觉

2020-03-16

熟　溪

从阳台俯身望去,落进水池的
白云,我再没有从水池里找到

这通常是早晨九点左右
到了夜晚,我听水声

听的时候会想到,原来只有
经过我门前的时候,它才叫熟溪

雨天从长安桥往上游看
就在我父母家的门口

有那么一段溪流被称为菊溪
是菊花的菊

菊溪明显更窄,落进
溪里的雨自然相对要少一些

2020-03-19

214

日 夕

发了新芽的柳枝作为
泥土的一部分在夕阳中晃动

我作为春天的一部分,在石凳上
良久都没有起身离开的意思

从长安桥上过来的风有点凉
我在柳树的阴影里

我只是需要一点时间——
时间之外的时间

直到夜晚来临
水声才渐渐有了我想要的音色

我是出来拿馒头的,等我往回走
袋子里的馒头失去了原先的温暖和柔软

2020-03-21

在黄昏我总是会看到更多

清晨的河水到底有没有在流动
某一刻我突然想到这一点

可以确定的是，长安桥始终
在自己的影子里沉默

水面上波纹细细。波纹的中心
有时是一只白鹭，有时是傍晚拉长的红日

这是熟溪的黄昏，我的黄昏
在黄昏，我通常会比清晨看到更多

2022-04-22

在一座桥的周围生活

近些年,我在一座桥的周围生活
桥上经过的,主要是行人、云朵、雨水、白鹭

当然还有其他。它叫"长安"
我愿把世间所有的桥都唤作"长安"

每逢静夜,我都会想起,那么多的人
匆匆地经过属于他们的每一座长安桥

只有我一直站在我的长安桥上
没有想过离开

2019-04-12,2023-12-22

慢慢（代跋）

我要写这样的一封信给你——
信里一个字也没有
只是用青色为你慢慢勾勒出
壶山温柔的起伏
熟溪用舒缓的深碧
垂柳用娇软的嫩黄
浪花全部画成白鹭的样子

溪上那么多桥
我只为你画上其中的三座：
熟溪、栖霞、长安
暮色中是好看的灰紫
至于其他，那些慢慢的园
慢慢的泉，慢慢的田和庐……
要等你来，你自己去慢慢地看

我要把信投进
路边绿色的邮筒里
这样，它就可以慢慢地走